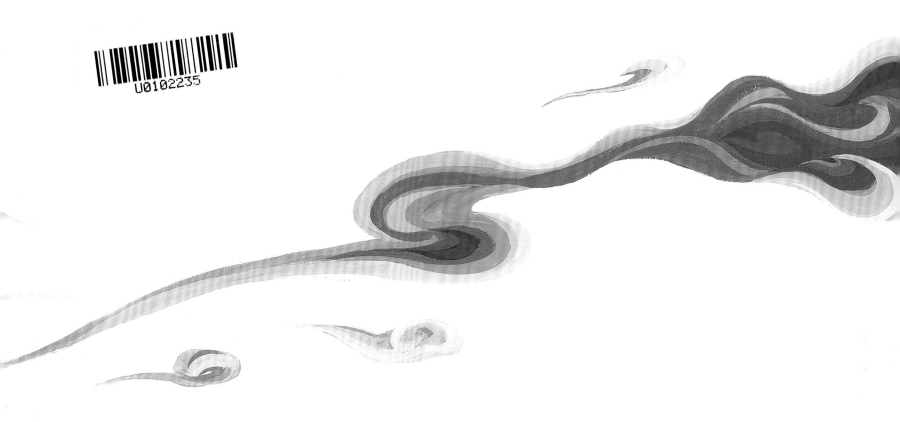

月亮月光光

Yueliang Yue Guang Guang

出 品 人：柳　漾
项目主管：石诗瑶
策划编辑：柳　漾　徐　斌
责任编辑：陈诗艺
助理编辑：石诗瑶
特约编辑：刘　奔　黄郁葱
责任美编：李　坤
责任技编：李春林

图书在版编目（CIP）数据

月亮月光光／阿涩绘. 一桂林：广西师范大学出版社，2018.12
（魔法象. 图画书王国）
ISBN 978-7-5598-1260-5

Ⅰ. ①月… Ⅱ. ①阿… Ⅲ. ①儿童故事－图画故事－
中国－当代 Ⅳ. ① I287.8

中国版本图书馆 CIP 数据核字（2018）第 234830 号

广西师范大学出版社出版发行

（广西桂林市五里店路 9 号　邮政编码：541004）
（网址：http://www.bbtpress.com）
出版人：张艺兵
全国新华书店经销
北京盛通印刷股份有限公司印刷
（北京经济技术开发区经海三路 18 号　邮政编码：100176）
开本：787 mm × 1 092 mm　1/12
印张：3　字数：25 千字
2018 年 12 月第 1 版　2018 年 12 月第 1 次印刷
定价：42.80 元

如发现印装质量问题，影响阅读，请与出版社发行部门联系调换。

月亮月光光

改编自中国客家童谣　　阿 涩／绘

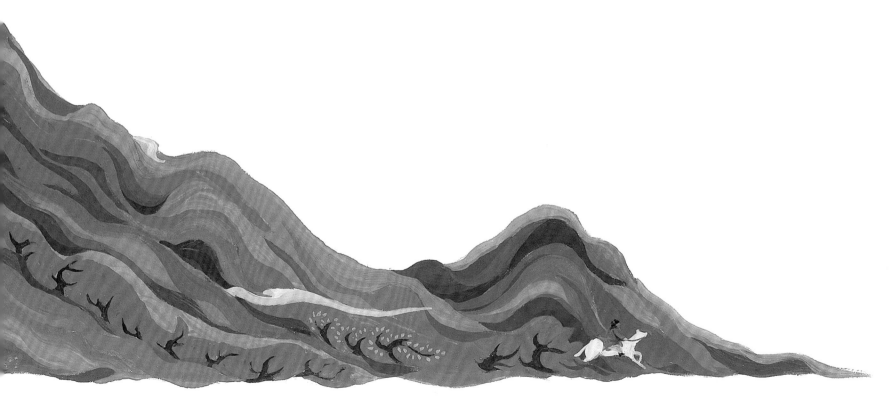

GUANGXI NORMAL UNIVERSITY PRESS
广西师范大学出版社
·桂林·

月光光，秀才郎。

骑白马，过莲塘。

莲塘背，种韭菜，
韭菜花，结亲家。

亲家门口一池塘，

钓条鲤鱼八尺长。

鲤鱼尾，拿来食，

鲤鱼头，大家尝。

中段身，摆摆好，
秀才拿来娶新娘。

八月十五月光光，
月光光，拜月娘。

阿妈讲我名字呀：

"小姑娘，出嫁了——

你的故乡在莲塘。”

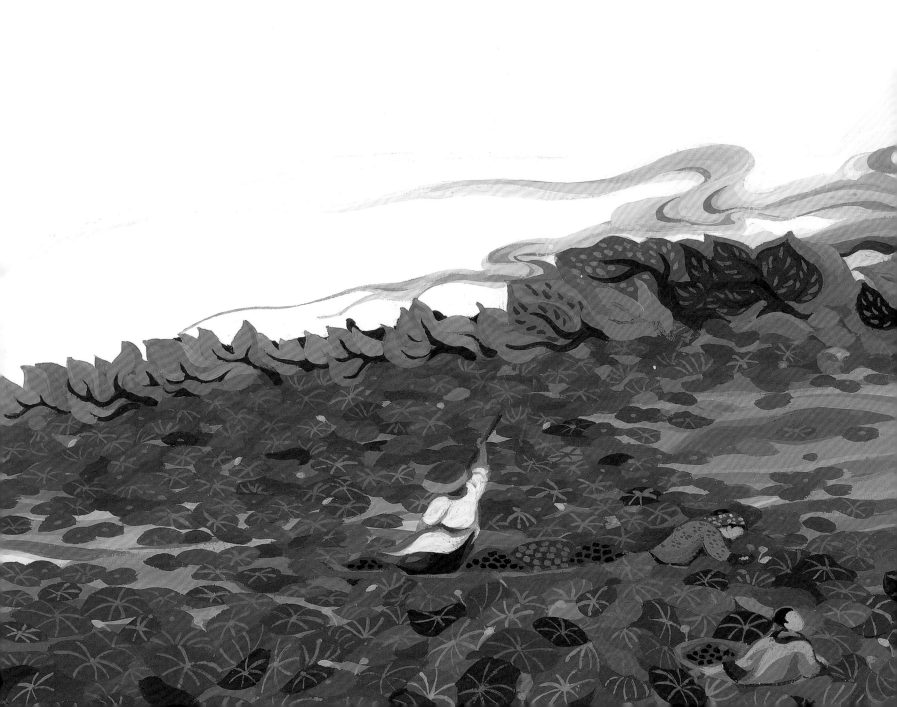

月娘啊，月光光，
四下照，照四方。

阿妈讲我名字呀：
"小姑娘，你莫忘——

莲塘就是你故乡。"

八月十五月光光，骑白马，娶新娘。

一曲情思悠远的客家童谣

《月亮月光光》改编自客家童谣《月光光》。月光光，在客家方言里是月色明亮、照彻四方的意思。说到客家童谣，要先说客家人。客家人是我国汉民族的分支之一，是古代中国汉民族南迁移民的后裔。我国古代先民，原以北方的黄河流域为聚居中心。由于气候变化、战乱和灾荒，聚居于北方中原地区的汉族人陆续进入南方各地区谋生、定居。又经过数百年，有不少中原士人南来做官并居留，中原汉族文化和岭南土著文化逐渐融合，形成一脉地域性丰富的汉族民系，在语言、风俗、建筑等文化形态上都有独特之处。

客家话是汉族客家民系的母语，在形成过程中融合了中原古汉语和南方方言的特点。不过，不同地域又有差别，总体来说保留了古汉语语音，声调丰富，念诵起来抑扬顿挫。现在能看到、听到的童谣《月光光》，其版本有数十种之多。缘由就在于，移居各处的客家人在"月光光"这一创作母题的基础上，创生出属于自己吟唱风格的童谣，而因语言表达、生活环境和生活方式等有略微差别，各版本体现出其独特性。

在这本图画书里，"月光光"这一童谣母题和婚嫁仪式、中秋节的拜月风俗结合了起来。婚嫁是人生大事，中秋节是全家团圆的重要节日，两者结合于中国文化而言是双喜临门，自然要热闹非凡。伴着童谣的节奏和旋律，画家呈现出客家人临居的莲塘、锣鼓喧天、人头攒动的土楼圆寨，色彩鲜艳、造型优美的门楼门墙，由客家女主人带领大家举行的"敬月光"仪式、中秋节烧塔的仪式，以及云彩幻化出的客家蓝染大襟衫，等等，别

具客家文化的地域特色和民俗风采。

而这个中秋节显然和往年不一样了，因为"敬月光"仪式过后，迎娶女儿过门的秀才郎骑着白马，带着迎亲的队伍来到土楼圆寨。家中的女儿要出嫁了，阿妈只能帮她梳洗打扮，一声一声交代，让她不要忘记出生和成长的莲塘，因为莲塘是故乡的象征。此时此刻，天上的月娘和地上的阿妈，两者形象合二为一。在明亮的月光下，中秋节和婚礼这夜有亲友同乐的喜悦，也有成长离别的悲伤，是一段人生的结束，也是新的人生历程的开始。喜与悲，未来与过去，一体两面，就这样在人生中反复上演。

小时候，我们念起朗朗上口的童谣，无忧无虑，可能只有长大了，才会明白轻快悦耳的背后——莲的同气连枝、韭花的长长久久、月亮的团团圆圆，是平凡生活凝练出的文化，饱含着我们对生活的美好祈愿，也隐含着意蕴深厚的人生哲理。这一切超越了客家人的地域，属于我们每一个人。

绘者简介

阿涩

浙江诸暨人。独立漫画作者，自由插画师，手绘艺人。2008 年开始创作漫画，为十余种杂志供稿，也为众多书籍创作封面插图。代表作有图画书《乌干菜白米饭》、插画作品《听闻》（阮义忠 / 著　阿涩 / 绘）等。

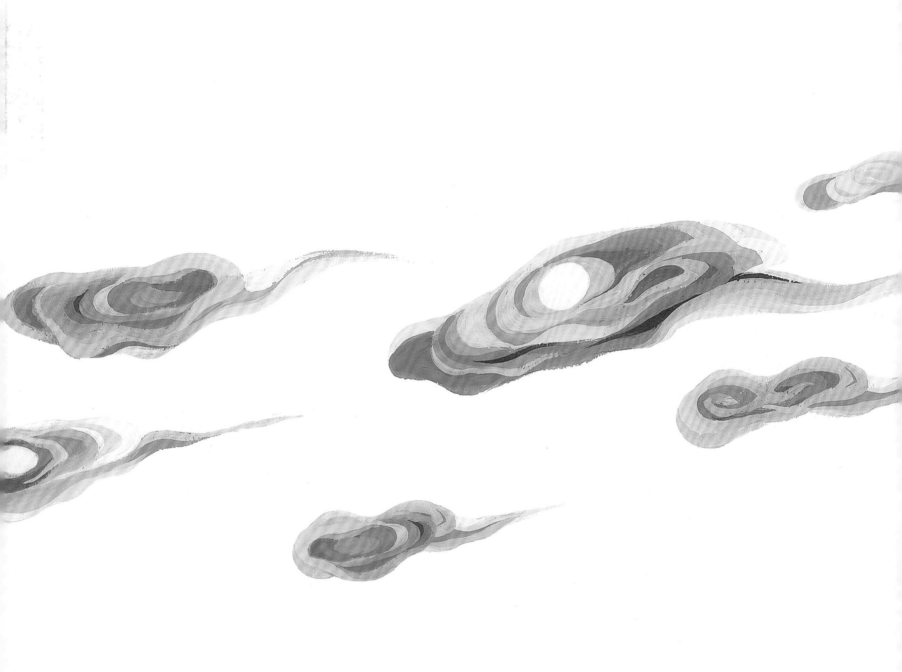